¡Masa!

Lada Josefa Kratky

T0058605

NATIONAL GEOGRAPHIC LEARNING | CENGAGE Learning®

Mira, Lupe.

Así se hace la masa.

Se pone la harina en la mesa y se amasa.

Mira, Lupe.

Así se usa la masa.

Se usan las manos, así.

Mira, Lupe.

Así se cocina la tortilla.

¡Lupe, ya sabes cómo se come la tortilla!

¡Más, mamá! ¡Dame más!